W9-ANT-341

Nota para los padres y encargados:

Los libros de *Read-it! Readers* son para niños que se inician en el maravilloso camino de la lectura. Estos hermosos libros fomentan la adquisición de destrezas de lectura y el amor a los libros.

El NIVEL MORADO presenta temas y objetos básicos con palabras de alta frecuencia y patrones de lenguaje sencillos.

El NIVEL ROJO presenta temas conocidos con palabras comunes y oraciones de patrones repetitivos.

El NIVEL AZUL presenta nuevas ideas con un vocabulario más amplio y una estructura gramatical más variada.

El NIVEL AMARILLO presenta ideas más elevadas, un vocabulario extenso y una amplia variedad en la estructura de las oraciones.

El NIVEL VERDE presenta ideas más complejas, un vocabulario más variado y estructuras del lenguaje más extensas.

El NIVEL ANARANJADO presenta una amplia de ideas y conceptos con vocabulario más elevado y estructuras gramaticales complejas.

Al leerle un libro a su pequeño, hágalo con calma y pause a menudo para hablar acerca de las ilustraciones. Pídale que pase las páginas y que señale los dibujos y las palabras conocidas. No olvide volverle a leer los cuentos o las partes de los cuentos que más le gusten.

No hay una forma correcta o incorrecta de compartir un libro con los niños. Saque el tiempo para leer con su niña o niño y transmítale así el legado de la lectura.

Adria F. Klein, Ph.D.
Profesora emérita, California State University
San Bernardino, California

Editor: Bob Temple
Creative Director: Terri Foley
Editorial Adviser: Andrea Cascardi
Copy Editor: Laurie Kahn
Designer: Melissa Voda
Page production: The Design Lab
The illustrations in this book were created in pastels.
Translation and page production: Spanish Educational Publishing, Ltd.
Spanish project management: Jennifer Gillis/Haw River Editorial

Picture Window Books
5115 Excelsior Boulevard
Suite 232
Minneapolis, MN 55416
1-877-845-8392
www.picturewindowbooks.com

Printed in the United States of America.

Library of Congress Cataloging-in-Publication Data
White, Mark, 1971-
[Fox and the grapes. Spanish]
La zorra y las uvas : versión de la fábula de Esopo / por Mark White ; ilustrado por Sara Rojo ; traducción, Patricia Abello.
p. cm. — (Read-it! readers)
Summary: Retells the fable of a frustrated fox that, after many tries to reach a high bunch of grapes, decides they must be sour anyway.
ISBN 1-4048-1621-6 (hard cover)
[1. Fables. 2. Folklore. 3. Spanish language materials.] I. Rojo, Sara, ill. II. Abello, Patricia. III. Aesop. IV. Title. V. Series.

PZ74.2.W49 2005
398.2—dc22 2005023454

La zorra y las uvas

Versión de la fábula de Esopo

por Mark White
ilustrado por Sara Rojo
Traducción: Patricia Abello

Con agradecimientos especiales a nuestras asesoras:

Adria F. Klein, Ph.D.
Profesora emérita, California State University
San Bernardino, California

Kathy Baxter, M.A.
Ex Coordinadora de Servicios Infantiles
Anoka County (Minnesota) Library

Susan Kesselring, M.A.
Alfabetizadora
Rosemount-Apple Valley-Eagan (Minnesota) School District

PICTURE WINDOW BOOKS
Minneapolis, Minnesota

Más *Read-it! Readers*

Con ilustraciones vívidas y cuentos divertidos da gusto practicar la lectura. Busca más libros a tu nivel.

FÁBULAS Y CUENTOS POPULARES

Título	ISBN
El asno vestido de león	1-4048-1620-8
La gansa de los huevos de oro	1-4048-1622-4

Título	ISBN
La cigarra y la hormiga	1-4048-1614-3
¿Cuántas manchas tiene el leopardo?	1-4048-1648-8
El cuervo y la jarra	1-4048-1618-6
La gallinita roja	1-4048-1650-X
La liebre y la tortuga	1-4048-1624-0
El lobo con piel de oveja	1-4048-1625-9
El lobo y el perro	1-4048-1619-4
El niñito de jengibre	1-4048-1647-X
El pastorcito mentiroso	1-4048-1616-X
Pollita Pequeñita	1-4048-1646-1
El ratón de campo y el ratón de ciudad	1-4048-1617-8

¿Buscas un título o un nivel específico? La lista completa de *Read-it! Readers* está en nuestro Web site: *www.picturewindowbooks.com*

Había una vez
un sembrado de uvas.

Un día, una zorra hambrienta
caminó por entre los palos

donde crecían las uvas.

La zorra vio las jugosas uvas
maduras que colgaban de lo alto.
Se le hizo agua la boca.

La zorra dio un gran salto
y dio un mordisco.
Pero sólo mordió aire.

La zorra volvió a intentarlo.

Tomó impulso y saltó
hacia las uvas.

Pero se estrelló y cayó al suelo
sin alcanzar las uvas.

¿Cómo podría alcanzar las uvas?

La zorra trató de subirse por los palos.

Sus garras no servían para trepar.
La zorra volvió a caer al suelo.

La zorra descansó un poco. Después dio un último salto con todas sus fuerzas.

Pero no pudo alcanzar las uvas.
Al final, se rindió.

La zorra se fue.

“Seguro que esas uvas están ácidas”,
dijo para sus adentros.

La zorra sabía que las uvas estaban dulces. Pero era mejor pensar que estaban ácidas porque sabía que no podría comerlas.